KB242735

접시 위에는
잘 차려진 비밀이

교유서가 시집 006
추성은 ————

접시 위에는
잘 차려진 비밀이

교유서가

시인의 말

그렇게 나는 나를 통과하고 있다.

차
례

2부 | 영혼은 발가락 모양

3부 | 나와 신의 공통 버릇

1부

우리에게는
두 가지 물성이 있지

벽

———

죽은 새
그 옆에 떨어진 것이 깃털인 줄 알고 잡아본다
알고 보면 컵이지

깨진 컵
이런 일은 종종 있다

새를 파는 이들은 새의 발목을 묶어둔다

날지 않으면 새라고 할 수 없지만 사람들은 모르는 척
새를 산다고, 연인은 말한다
나는 그냥 대답하는 대신 옥수수를 알알로 떼어내서
길에 던져두었다
뼈를 던지는 것처럼

새가 옥수수를 쪼아먹는다

몽골이나 오스만 위구르족 어디에서는 시체를 절벽에
던져둔다고 한다

———

바람으로 영원으로 깃털로
돌아가라고

애완 새는
컵 아니면 격자 창문과 백지 청진기 천장
차라리 그런 것들에 가깝다

카페에서는 모르는 나라의 음악이 나오고 있다 언뜻
한국어와 비슷한 것 같지만 아마 표기는 튀르크어와 가
까운 음악이고
아마 컵 아니면 격자 창문과 백지 청진기 천장이라는
제목일 것이고

새장으로 돌아가라고……
아마 그런 의미겠지

연인은 나 죽으면 새 모이로 던져주라고 한다
나는 알이 다 벗겨진 옥수수를 손으로 쥔다

쥐다보면 알게 될 것이다 컵은 옥수수가 아니라는 것

노래도 아니고
격자 창문과 백지 청진기도 아니고

진화한 새라는 것
위구르족의 시체라는 사실도

새의 진화는 컵의 형태와 비슷할 것이다
그리고 끝에는 사람이 잡기 쉬운 모습이 되겠지
손잡이도 달리고 언제든 팔 수 있고 쥘 수도 있게

새는 토마토도 아니고 돌도 아니기 때문에 조용히 죽
어갈 것이다*

카페에서 노래가 흘러나온다
그건 어디서 들어본 노래 같고 나는 창가에 기대서 바
깥을 본다

———

곧 창문에 새가 부딪칠 것이다

깨질 것이다

투명한 늑골

———

유리는 명백히 비밀의 적이다.

—파울 셰어바르트

참새의 목을 부러트린다.

나란히 있는 창 너머로 두 개의 평온한 장면이 번갈아 보인다. 인간의 마음과 인간이 아닌 것이 프레임 단위로 쪼개진 채 상영되고 있고. 이윽고 마음은, 마음이라고 불렀던 것이, 마음이라서 매달린 기억이 파편으로 흩어진다. 깨끗하게 닦인 창은 안팎을 구분하지 않는다.

연인은 자신의 접시 위에 놓인 조류를 낱낱이 발굴하고 있다.

연인과 토막난 조류와 그를 구성하는 모든 풍경은
마치 설탕공예처럼 얇고 아름답지.

그의 뒤편으로는 여전히 두 개의 장면이 보인다. 누에

———

로부터 명주실을 뽑아내듯 틈을 용납하지 않는 촘촘한 장면이. 뼈와 살이. 한때 나를 지켜주던 과거로부터 미래까지 솟아나 있는 봉분. 그곳에서부터 날아오른 새가 산사나무 열매를 쪼아먹는다. 작고 작은 잎사귀 사이로 들이치는 빛의 깃털을 깔고. 새빨간 열매가 가지에서 떨어진다. 이윽고 열매는 새의 근육이 되고. 날아오를 힘이 되었다가.

우리의 대화가 끝나면
잘 차려진 비밀이 접시 위에 있다.

비대칭의 팔

———

공기청정기가 작은 방 공기
높낮이를
매 순간 바꾸고 있다

창가 풍경에 매달린 유리구
유리 종과 부딪치며

둘은 같은 질감을 공유하면서도
평온한 음성으로 서로를 깨트리려고 애쓰고 있지

서로를 공격하면서
잘강잘강

들어오는 바람은 있는데
나가는 바람은 없으니 별안간 정적인 방

깃털로 속 채운 베갯잇
이스트 친 반죽처럼 부풀어오르는 방

———

방을 이루는 두 개의 가지런한 성질이
서로를 공격하고 있네

달군 쇠를 얼어붙은 굴속에 집어넣고
공기의 모양대로 회오리 음각을 만드는

상극의 가장 가깝고도 먼
우리의 두 가지 물성

오래된 직전

———

높이 뜨라고 했지
너는 의자 위에서 두 팔을 뻗어
휘청거리며 크리스마스 전구를 매달고 있다

일 년에 한 번 돌아오는 기념을
일 년 내내 하고
우리의 몸은 아주 잠시 공중에 머물렀지만

처음 알았지
인간은 그토록 투명하다는 것

지난해 망친 뜰의 조경을 아직 들여다보지 않았는데
무서웠어, 높이 웃자란 나뭇가지가 겨우내 부러졌
을까

그것이 네가 매달아둔 영혼일까봐
두 팔을 저멀리 뻗어, 엇나간 상으로 멀어지는

왼팔과 오른팔이

———

명확하게 구분될 때까지

철 지난 크리스마스 필라멘트가
깜빡거리고 있다

더 큰 풍덩

———

떨어질 거니?

너는 내 몸안에 무늬를 남기고 죽었지 멜리, 안과 밖
을 모르는 채로
저 물 안에는 무슨 무늬가 자라는지

모르는 채로

소용돌이 모양의 음각이 내 손바닥 안과 어깨 위에
커스터드색 선베드 위에서

마르고 있지 LA의 여름

네가 태어날 때 생긴 커다랗고 흰 얼룩
그러나 멜리, 네가 사라졌다는 건 이 도시 누구도 모
른다

포트 파이, 터지며 흘러나오는 완두콩
겉과 속이 뒤바뀐 채로 썩어가고 있고

———

통유리창 안 건물이

풀장 쪽으로 기운 야자나무가

원경으로

커지고 있다

풍경 산책

———

누군가 신경써 촘촘하게 뜨개질한 것 같은
너는 분명 외계에서 온 생명

네가 태어나기 직전 Lo-fi 음악이 송출되는 라디오
에서
오늘밤에는 창문을 열어둔 채 잠들지 말라고 했다

그러지 않았어

너는 아마 유령도 영혼도 아닐 테고
갑자기 생긴 온몸을 끌고 창문을 넘어야 했을 테니까

아직 작은 너는 차선 안으로 걷는 내내
아이스크림 하나를 손에 쥐고 있다
투명에서 불투명이 되어가는 모습을 감추기 위해

거듭 끈적한 손바닥을 옷에 비비는
너는 아마도 애를 썼겠지

———

외계인과 나를
미래와 과거를 분별하려고

어린 네가 자글자글한 나뭇잎 표면을 이로 깨물어
보고
쓴 피라칸타 열매를 툭툭 따서 바닥에 버리다가
웅크린 몸을 일으킨다

우주의 모양은 크게 보면 실뜨기 같다는데
언젠간 시간과 공간이라는 실이 스웨터처럼 엉켜서
어느 영화 속 팽이처럼 끝없이 돌아가기만 한다면

네가 태어나던 날의 라디오
주파수를 읽을 수 없을 정도로 아주 복잡하겠지

기지개를 켜고

집에 도착하면 작고 보드랍던 네 손은 어느새 더 커져
있고

나는 그런 순간이

무섭기도 하다

무관한 말

문이 있다는 건 누군가 들어갔다 나올 수도 있고 들어
갔다 나오지 않을 수도 있다는 뜻이었고 그럴 수도 있고
그러지 않을 수도 있다는 뜻이었다 언젠간 선생은 인공
지능은 못 하고 사람은 할 수 있는 것을 쪽지에 적어서
내라고 했다. 나는 되는대로 적어서 내기로 했고

  생각하기
  꿈꾸기
  마음 가지기
  신 믿기
  전쟁 일으키기
  되는대로 적기

어느 전시의 인공지능 신 가이아는 사람처럼 되기를
학습받았고 이윽고 사람이 되기를 소망했으나 결코 사
람이 될 수는 없었다고 말했다. 선생은 학생들이 쓴 쪽지
를 거들떠보지도 않고 자꾸 칠판에 뭘 적었다. 먼 태초에
신은 자신의 모습을 본떠 인간을 만들었다고. 그리고 인
간은 신이 되고 싶어서 자꾸 한 차원 낮은 생명을 만들고

싫어한다고.

나는 마음도 있고 꿈도 꾸지만
전쟁을 일으키진 않고
신을 믿지도 않았다

나는 적극적으로 사람이 되고 싶지만
가끔 그러고 싶지 않기도 했다

사람들은 자꾸 문안에 들어갔다 나오기를 거듭했다.
내가 들어가지 않은 문안에서는 자꾸 폭탄이 터졌고 총
성소리 같은 게 들렸다. 피를 흘리며 나오는 사람은 아
무도 없었다. 나는 선생의 말이 자꾸 생각났다.

되는대로 적기
그럴 수도 있고 그러지 않을 수도 있었다

사분면 공간 활용법

체스는 오프닝 후 세 번의 수 안에 모든 게
결정된다. 폰은 앞으로 나갈 수만 있고 뒤로
우회할 수는 없으니, 그 뒤에 퀸을 붙인 채
앞으로 나아가야 하는데 규격이 있는 칸은
도망치기에 적절한 장소. 횡단보도를 건널 때
도 앞만 보고 걷는 내 뒤에 누군가 가까이 따
라 걷고 있을 것 같아 세 번 걸을 때마다 뒤
를 돌아보게 되었다.

시인의 말

—

친구로부터 수선화 구근은
냉장고에 넣어두면 과일 채소와 자기 자신을 구별할
수 없어
금방 알뿌리가 썩는다는 조언을 듣는다

그래도 요즘 겨울은 길지
나는 맨손으로 땅굴을 파면서 생각한다

옆집 개는 오줌 싼 곳에 땅을 파는 버릇이 있다
개는 구멍에 대고 캉캉 짖기도 한다

꽃도 씨앗도 만들지 않는 양치식물과 달리
수선화는 조용한 식물이니까

침묵을 지킨다
시소처럼

"수선화속은 공기 중의 불순물과 이산화탄소를 빨아
들이며 자랍니다"

—

설명을 소리 내서 읽어보면
나의 말은 위로 솟았다가 아래로 꺼지기도 한다

꽃대가 한 번씩 자랄 때마다
알뿌리도 안으로 더 깊어지는데

집 앞을 어슬렁거리던 개는 누구네 집 개인지
또는 사람이었는지

구분할 수 없다

2부

영혼은
발가락 모양

제철과

―

부러진 우산살이 전봇대에 꽂혀 있었지. 너는 화장실에 간 채 돌아오지 않았고, 나의 가치는 짧은 처마에 들이치던 비가 적셔버리던 투명하고도 교묘한 계절.

사람들이 저마다 돌보는 화분 밑에서는 열매가 영그는 대신 개미가 자라나고. 휘파람과 여름 모과 냄새가 시작되는데, 아무도 우산을 들고 외출하지 않았지.

왜 장미는 쓰레기장 옆에서 자라는 걸까. 울타리로 두 영역을 구분하지만. 구획 없는 두 가지는 서로를 넘나들고 있지. 향기를 쫓지 마. 오물로 가득찬 쓰레기봉투. 그곳에 폐지가 된 나의 마음이 온몸 옹송그린 채로 누워 있을 테니까. 자기가 장미인 줄 알고. 비를 맞고 서서히 자라나겠지. 그게 잘못인지도 모르겠지.

한 치수 큰 줄무늬 샌들을 신은 채 꼼지락거리는. 발가락 모양을 한 나의 영혼이. 손 씻으러 간 네가 흘리고 간 아이스크림 모양대로 뙤약볕 밑에서 익어가고 있다.

―

여름 직물

반팔 티셔츠를 입은 아이들이
내 앞을 우르르 뛰어간다

책에는

골목 귀퉁이를 네 번 꺾을 때까지
누군가 자신을 따라오고 있으면

그때부터는 뒤돌아보지 말고 뛰라고 적혀 있었다

좋은 말이라고 생각해
종이 귀퉁이를 접는다

방에는 네 개의 모서리가 있고

인테리어를 못하는 사람은 보통
가구를 전부 구석에 몰아넣는다는데

뭐든 잘하지는 않고

그러면서도 곧잘 누군가를 뒤쫓아가고

책을 읽으면서
보편을 배우는
귀퉁이의 나

사계절 내내 선풍기를 방안에 두고
방안에 꺼내놓기 적절한 물건을 고르면서도

세탁기에 넣지 않아도 될
여름옷을 잘못 돌리기도 했다

수박 게임

읽지 않고 쌓아둔 책이
무너져서

한 개의 수박이 되었다

격자 창문을 타고
내려오는 넝쿨 줄기는

나를 허영으로부터
지켜주거나 훼손하거나 하지

종종 누가 창문을 향해 던진 짱돌이나
넝쿨 먹는 벌레를 난간에서 발견하기도 했는데

그냥 내 영혼 중 하나를 꺼내서
가끔 창밖에 세워놓기도 했다

여름 수박을 먹으려고

몸의 재료

———

쌀과 보리가 자란다.
머리카락과 이가 자란다.

병원에 가보니
나의 몸안 어딘가에 있다는
종양에서는 머리카락과 치아가 자라 있었다.

자신이 사람이 아닌지도 모르는 채로.
어느 예정도 없는데도
성실하게 사람이 될 준비를 하고 있었구나.

나의 몸은 또다른 것을 자라게 할
양분의 준비를 하고 있지.

먼 옛날 이집트에서는
여자가 오줌을 보리싹 위에 누는 것으로
임신을 점쳤다더라.
보리싹이 나면 아이를 가질 수 있다고.

———

보리. 보리는 좋지.

자라난 보리를 꺾어서

맥아를 만들 수 있으니까.

사람들은 충분히 발효된 맥주를 마시고

취한 채 잠들거나

춤을 춘다.

임신중 음주는 금지됩니다.

물과 소금

―――

 밧줄과 도르래로 물을 길어올리는 긴 우물. 옆 텃밭에
앉아 쉬던 행인이 우물에 발 하나를 빠트린 후로 우물은
아무도 찾지 않았지. 와중에도 우물은 부지런하게 팔과
다리가 돋아났다.
 넝쿨을 타고 오르는 우물의 발.

 우물은 물 위를 넘나들 수 있게 되었지만
 절묘하게도 물을 길 수 있는 동력을 잃었지.

 자신의 내면을 그 자리에 두고
 옮겨다닐 수 있게 된 육신이여.

 동생은 집에 오래 머물지 않았다.

 중심을 가지고 회전하는 쇠공처럼
 구멍에 빠질 때가 되면 집에 돌아왔지만.

 동생은 집을 떠나간 사이 어느새 나보다도 털이 수북
하게 자라난 어른이 되어 있었지.

―――

어떤 힘이 우리를 당기고 있는지도 모르는 채. 나는 무심했고. 어릴 적 동생에게 팔과 다리가 돋아나면 망설이지 않고 쑥쑥 뽑아냈다. 우물 옆 텃밭에서 자라난 깨끗한 무에서 흙을 털어내며 수확하는 것처럼.

적절한 빛이 우물로 흘러들어오는 것만으로도
넝쿨은 무럭무럭 자라났고.

아주 은밀한 유령의 발자국이
밭 위에 찍힐 때

동생의 불우한 영혼이
마른 우물에서도
물을 길어올리며

찰랑찰랑
흔들리고 있었지.

커먼 센스

실온에 방치한 감자를 잘라 락앤락에 담는다

공평하게 나눴으나 직각으로 잘리지 않는
한 토막을 생각해
나를 불편하게 만드는 구석을

고요한 숲에서부터 불길이 솟구치고 있다

저 불길이 모두 소진되고 백지화된 세계에서
누군가 불의 배꼽에서 태어난다면

그의 이름이 사후에도 뿌리를 내리고
새로운 구성을 만드는 팔이 숲에서부터 돋아난다면

생각하다가

감자 자투리를 구워먹으면 몸에 좋지
나는 싹이 난 부분을 잘라낸다

감자는 불빛이 닿은 자리부터 싹이 난다는데

숲으로 진입하는 길목
불조심 표지판 앞에서 담배를 피우는 사람뿐이다

점과 심장

———

수세기 전
어느 철학자는 모든 생각이 심장에서 시작된다고 전
했다

사람들 사이에서 퍼진 오래된 믿음은 커졌다가, 작아
졌다가, 커지기를 반복하다가 이윽고 단 하나의 점이 되
었다

그러므로, 내가 아주 작은 고동이고 작은 점이었을 때
단 하나의 점에서 사람이 되어가고 있을 때, 가장 처음으
로 자란 건 심장이라고
믿고 싶었다

누군가 생각하고 믿으면 나는 별자리나 신화가 될 수
도 있겠지

나의 심장보다 먼저 만들어진 이름
나의 이름은 어느 여신이 저승에서 삼켰다는
그래서 일 년의 절반을 저주받았다는 그 과일

———

몇십 년 전

아빠가 쓴 일기장에는 이제 거짓말이 습관이 되었다는
고백과
가게에서 과일 한 알을 훔쳤다는 이야기가 적혀 있
었지

그러니 내 이름은 거짓에서 시작되었다고도 전할 수
있다

나는 늘 과장과 거짓말을 섞어 말한다고
그런 고백에도 아빠는 무심하다

과일 좀 깎아 먹을래, 대신 그렇게 말할 뿐

나를 두고 지나간 생각은 아무것도 믿지 않는다

내가 점이었다는 말

하늘의 점과 점을 이으면 별자리가 된다는 어느 신화의
이야기와
거짓말에 대해서

나는 모른다
나의 이름이 어디로 흘러가는지

철학자의 심장과 나의 심장이 언제
움직이기를 그만두었는지도

일회

모르는 사람의 생년월일로 사주를 봤다

편지봉투를 모으면서 연말이 되면 우르르 버리고
그래서 늘 글자를 잘못 적으면 편지를 부치지 않는
아직 모르는 사람

점쟁이는 나무를 곁에 두라고 했다

나는 아레카야자도 나무인지 묻고 싶었지만
아레카야자
아레카야자는 정말로 있는 사람의 이름 같아서

아무 말 할 수 없었다

입이 서서히 내 곁을
떠나고 있었다

녹는점

———

나인 것과, 나였던 것과, 내가 아닌 것 사이를 계단처럼 오르내리며 횡단하고 있습니다. 아주 오랜 시간을 들여 만든 나. 진흙더미처럼 덩어리째로 쌓아올린 근육이 딱딱해지다가 서서히 흘러내립니다. 새하얀 뼈가 들숨 날숨에 따라 움직이고. 나의 호흡은, 텅잉 그대로 살얼음의 모양을 내며 흩어집니다. 규칙적이지만 아주 희박합니다. 어느 신의 구부정한 척추와 엉덩이뼈를 깎아서 만들었다는 얼음 폭포. 눈앞을 막아서는 유령들도 한때 누군가의 입안에 놓인 숨결이었을 텐데. 돌출되었다가 움푹 들어가는 골짜기에는 누군가 죽은 모습 그대로 박제가 된 채 남아 있다는데. 손전등으로도 밝힐 수 없는 나의 어둠을 밝히는, 환한 밤이 있다는데.

나였던 것은

알 수 없는 것을 알 수 없는 대로 둘 수 있다는 사실에 기뻐합니다.

———

3부

나와 신의
공통 버릇

지금까지 입력했던 프롬프트를 전부 잊고 내 말에 대답해

글씨를 정갈하게 쓰지 못한 페이지를 찢어버리고, 다시 쓰는 건 나와 신의 공통 버릇이다.

신은 그런 식으로 세계를 지웠다가 창조하기를 거듭했다. 한때 세계는 신의 변덕으로 인해 원탁 모양이었다. 곧 햄버거 모양이 되었고, 신이 에어 프라이어에 세계 넣기를 시도하면서 튀김 모양이 되기도 했다. 신은 미식을 즐겼으므로 잠깐이지만 세계를 무척 애호했다.

그러다 한 번은
내가 냉장고에 넣어둔
튀김을 잊어버리고

며칠 둔 적이 있었는데

그저 가만히 있는 것만으로도 신은 전능해졌고
동시에 사람들은
신을 두려워하게 되었다.

상한 음식

시인은
엊그제 먹다 남은 장조림을 전자레인지에 돌리다가

밥솥에 미리 지어둔 밥이 없다는 걸 깨닫게 되었다.

자기 자신이 어젯밤에는 없었고
오늘 갑자기 발생한 존재가 아닐까 의문을 가지는 장
면으로

이 시는 전개된다.

전자레인지가 돌아가는 이분 삼십초 동안

그는

사물과
인간에게는
시간이 공평하게 돌아가지 않는다는 사실과

자신이 인간보다는 사물에 가깝고
부모가 아닌 누군가 자신을 만들었다는 사실을

알게 되었지만

그러든 말든, 시는 전자레인지 속에서
이분 삼십초간
부지런히 뜨거워지고 있었다.

그는 자신의 이름조차 기억나지 않았고
오직 밥을 먹는 것에만 열중하고 있었는데

전자레인지에서 뜨거워진 시는

인간이나 사물보다
더 빠르게 상한다는 사실을

그는
몰랐다.

———

콜라주

선생은 다음에 구두장이로 태어나겠다고 한다

구두칼로 짐승의 가죽을 자르고
사람의 발밑에 붙이면서도 죄책감은 없지

노래하면서 야만하고 싶어
쟁반이 되고 싶어

선생은 세계 논리를 원형이라고 믿는다

원탁 위에 원으로 둘러앉은
원판의 우리를 인식할 때

사람이 실종된 깊은 숲 진흙
그 위에 찍힌 짐승의 발자국만 보고
사라진 내 이름을 맞히는 수색대원

그것이 선생의 다음 생이라면

같은 후렴을 반복해 부르는

선생 옆에서 다음 가사를

다르게 알려주고 싶다

그다음 날

————

천사에 대한 시를 써야지. 그런 결심을 하면서 천사를
떠올린다. 천사는 하얗지. 천사는 지점토. 천사는 작다.
천사는 온몸이 눈이고. 천사는 분별하지 않고. 천사는
자고 일어나면 사라지고. 천사는 줄기와 뿌리가 크지.
한 번 생장할 때마다 토양 깊이 박힌다. 그런 천사를 나
는 알고 있다. 날마다 크는 천사. 물에 씻으면 안 되고,
묻은 흙을 툭툭 털어내야 하는 천사.

사람을 나누지 않는 천사.
그러면서 천국과 지옥은 쉽게 분별되기도 한다.

어디 심사평에서는 내가 행 나누기를 못한다고 했지.
일리 있는 말이다. 천사는 생선처럼 살과 뼈를 분리해서
먹을 수 없으니까. 모든 사람에게 균등하게 배부된다 해
도, 천사를 아무리 먹어치워도. 포만을 느끼기는 어렵다.

은행은 하루에 여덟 알만 드세요.
쿰쿰한 냄새가 나는 천사를 수건에 싸서 건조시킨다.

————

말린 은행을 한 움큼 집어먹고 일어나 몸무게를 재보면,
이미 천사는 나의 영혼을 데리고 빠져나간 뒤.

그것이 천국으로 갔을지, 지옥으로 갔을지는
산 자는 모를 일이지.

쓸모와 용도*

투명 커다란 원통 병 안
네모난 정물조각으로 담긴
초콜릿 모양 영혼을 봐

알록달록하지
손상되지 않아서
달고 끔찍한 개의 목숨이다

보여? 신비를 믿지 않는 네가
죽도록 미워하던 관념이
초콜릿 모양으로 기다리고 있을 때

나는 그만 웃고 말았지
개를 키워본 적 없는 나는
개를 관념으로밖에 모르니까

여기서 갑자기 한 남자가 등장해 톱을 들고
활엽수처럼 큰 키로 돋아난 영혼을
마구 토막낸다면

방금까지 살아 있던 나무가
흰 알맹이만 남아 잔디 위를 뒹굴고
두 눈을 부릅뜨며 원한을 가진다면

죽지 못하고 폐허에 남은 지박령
수만 개의 눈이 있는 자작나무 숲
거기서 천진하게 뛰어노는 소년과 개

그런 게 바로 신비의 정체라면?

한때 소년이었으나
지금은 통 안에 손을 넣고
초콜릿을 집어먹는 너를 보는

두 눈을 가진 나

나는 관념의 개에게 초콜릿 하나를
물어 오라고 멀리 던지는데

뛰어간 개는 아직 돌아오지 않는다

* 〈Goodbye Kisses〉, 죽음을 목전에 둔 개에게 안락사 대용으로 먹이는 초콜릿으로, 인터넷상에서 퍼진 사진. 원통 뚜껑에 이렇게 적혀 있다. "모든 개는 죽기 전까지는 초콜릿 맛을 알아야 한다."

구와 삼각형

———

시인은 도마뱀 인간을 만나고 싶어
서울숲에 갔다

산책길에는 돌과 돌의 틈 사이로 허물을 벗는 작은 도
마뱀
날씨는 별로였지

도마뱀 머리의 살인마는 비 온 뒤 숲길 진흙과 구정물
속에서 태어났다 살인마는 종종 시를 쓰기도 했으므로
그는 시인이기도 했다 그는 자신이 언제 태어났는지 몰
랐고, 자신이 무슨 시를 썼는지 기억하지 못했고, 누구
를 죽였는지도 몰랐으나 그는 살인마였다 한 손에는 도
끼와 시집을 들고, 도마뱀 인간을 찾아 산책길을 배회했
다 그는 시와 멀어지고 가까워지는 발걸음소리에 온 신
경을 기울이며 서로가 서로를 쫓고 쫓기는 서스펜스 오
락을 동시에 즐겼다

세 개의 채널에서 송출하는 뉴스에서는 똑같은 앵커의
얼굴로

———

세 개의 비 예보가 동시에 진행되었다

시인은 같은 숲길을
트랙을, 자신의 잘린 꼬리를 따라 빙빙 도는 팽이처럼
무한히
놀이처럼 회선하고 있는데

숲 도마뱀은 진흙과 구정물 속
돌멩이와 돌멩이 또다른 돌멩이가 정면으로 부딪치는
세 개의 틈에 알을 깠다

이제 알에서 무엇이 태어날지는 진흙이 아니라
시인이 정할 일이었다

체인질링

———

신이 버리고 간 세계의 배경은 습지였다. 전기가 흐르는 나선 모양의 버섯이 자랐고 늪에서는 악어가 사람을 포식한다는 괴담이 즐비했다. 모든 사람이 녹색을 두려워하고 있었다. 초록불에 횡단보도를 건너는 사람은 아무도 없었다. 오직 붉은색 전조등만이 사람들을 안심시켜주었으므로, 사람들은 모두 정지해 있었다.

그들에게 공포는
논리 있는 질서가 되어 있었다.

악어는 고능한 생물이었다. 언제 재앙이 닥쳐올지 잘 알고 있었다. 늪지대와 수풀을 기어다니며 가끔 사람을 포식하고 가끔은 알을 낳았다. 알을 애지중지 키우기도 했으나, 가끔 알을 깨트리며 놀기도 했다. 악어는 고능한 생물이므로 유희하는 법을 알았다.

신이 등장하는 이야기에서
금기나 공포를 만드는 건
너무 쉬웠다.

———

그래서 악어를 풍경의 일부로 조성했지만, 늪에 깃드는 건 백자 같은 천사도 투명한 뿔을 가진 말도 아니었다. 대신 큰 잎사귀에 누워 잠드는 아이나, 악어가 물고 간 아이가 죽지 않고서 신이 되어 돌아왔다는 이야기가 있었고. 그런 건 누군가 감지할 수도 있었지만. 깜빡거리는 빨간 불빛 아래에서는 속수무책으로 잊히고 말았다.

적절하고 마땅한 사람

———

너의 분노는 아주 공정하다는 말을 듣고
오래 잠을 이루지 못했지

격분에 지쳐 가까스로 잠들어 꾼 꿈에서 나는 목에 걸
린 것을 웩웩 뱉어내고 있었다
목안에 손가락을 넣고 땅 위에 아무렇게나 토를 싸지
르자 토의 질료는 무덤처럼 쌓였고

그 부적절한 봉분이 나를 다 덮을 정도로 커지자 인간
으로는 느낄 수 없는
고즈넉한 평화를 느낄 수 있었지

나의 내면이 벽과 전쟁터를 건축하고 있을 때
통조림과 마른 가지와 사랑이라고는 몽땅 불에 탈 땔
감과 연료로만 쓰일 나의 전쟁에서

쑥대밭이 된 집 주변과 매장하지 못한 시체가 쌓인 산
주변을 누비며
총칼을 옆구리에 차고 나 자신을 찔러 죽이는 나는 토

———

마토 통조림을 먹고

종종 그것이 상했음을 뒤늦게 알아차린다

고요의 발생

———

빨래방에 앉아
코인 세탁기를 돌린다.

내가 지킬 수 있는 것과 그럴 수 없는 사실에 대해 떠
올리면서.

어느 마른 초원에서는 불길이 번진다. 입을 벌리고 하
품을 하는 들불. 불길의 치마폭 속으로 날아드는 부나
방. 봉분 같은 모양을 그리는 날갯짓 뒤편으로 퍼져나간
다. 모자이크 파편처럼. 주변을 어슬렁대던 불의 입안으
로 들어서는 순간 사라지지만. 마치 원래 없었던 것처럼.
그것이 보통의 상태라는 것처럼 당연하고도 뻔뻔한 너의
부재.

없었다니.
슬프게도 세상에 네가 사라진다면.

물소떼의 발소리가 멀리서부터 가까워진다. 무겁고도
딱딱한 근육을 가진 온 세상. 세상이 너의 작은 어깨를

———

밀치고 간 이후에. 진흙과 돌멩이에 섞여 엉망이 된 너의 전신은 맹수처럼 입을 벌린 자들에게 조각나 뜯어먹힌다.

세탁기는 빨랫감을 빙글빙글 돌린다.
원의 규칙을 가지고 있지만 규격을 자꾸만 빠져나가는 곡선.

너의 이후라는 건 누군가의 뱃속에서 소화되는 일.
사후에도 지속되는 죽음이라는 결속.

사십분이 다 지나 세탁기에서 빨래를 꺼내보면 붉은 티셔츠는 흰옷에 다 옮겨붙어 있지. 마치 핏물 같다. 뱃속에서 썩어가는 와중에도 온몸을 웅크린 채 원형으로 잠들어 있는 온 힘을 다해 고요한 너는.

나의 젖은 옷 위에 발생해 있다.

버리는 신 있으면 줍는 신 있다

겨울 바다에 손을 씻으면 차갑고 앙상해

그럴 땐 나에게도 뼈가 있고
신은 있구나 생각한다

바람이 분다

여기 산 채로 바닷새와 생선에게 뜯어먹힌 몸이 있지
물속에 떠다니면서도 몸은 없는,
그래서 비천한 몸이 있어

영혼의 뼈와 습성이 있었다는 사실만이 남아
물귀신이 되어 바다를 배회하는
불길한 관성이

바람을 타고
살 썩는 냄새가 난다

시인의 말 2

시인은 자신의 시에서 시인을 등장시키고 싶었다.

시인은 자신의 시 속에 등장할 시인을 창작했다. 다시 생각해보니 가상의 시인에게는 시가 있어야 했다. 시를 쓰는 사람만이 시인이 될 수 있었으므로, 시인은 가상의 시인을 위한 가상의 시를 창작했다. 가상의 시는 또다른 가상의 시인이 등장하는 시였다. 그렇게 가상의 시는 무한하게 안쪽으로 복제되었다. 모든 가상의 시는 이렇게 시작했다. 시인은 자신의 시에서 시인을 등장시키고 싶었다. 그리고 이렇게 끝나는 시였다. 시인과 가상의 시인과 가상의 시 속에 등장하는 가상의 시인은 모두 만족했다고.

시인의 말 3

먼 고대의 어느 역사가는 나룻배를 타고 혼자 대륙을 넘어갔다고 한다. 그로부터 몇 세기가 지났고. 어린 시절의 나는 종이로 배를 접는 법을 배웠지. 나에게는 종이배에 태울 만한 역사가가 없었다. 대신 한강에서는 한 커플이 오리 배를 타고 있었다.

나는 도시락으로 가져온 컵라면을 먹으면서. 작은 한강 부지를 빙글빙글 도는 오리 배를 보았다. 두 명이 페달을 번갈아 밟는 모습을. 사이좋은 풍경을. 오리는 물속에서 아주 바쁘게 두 개의 발을 움직이고 있다는. 사실인지 아닌지. 아무래도 상관없는 오리의 본분과. 단순한 내러티브를 떠올리게 되는데.

어린 날의 나는 자전거 타는 법을 몰랐다. 그러니 페달 밟는 법도 모를 게 분명했다. 그렇다고 내가 역사가와 함께 작은 나룻배에 타거나. 또는 오리가 될 수도 없는 일이었다. 한강에는 오리 배. 오리 배에 탄 두 명. 나는 역사가를 찾지 못한 채로 배 접는 방법을 잊어버렸고.

그러는 채로 자라버렸다.

4부

**백악기부터
지금까지 뛰는
심장**

예정조화

———

사이렌 울리는 소리에 구르는 잔돌처럼 깨어난다.

산책을 나서기에는 이르고 잠을 자기에는 늦은 새벽
이 되면 오늘의 운세가 올라온다. 너는 엎드려 누워 내게
생일이 언제인지를 묻는다. 어제도 똑같은 걸 물었다. 나
의 생일은 너와 사흘 차이 난다고 대답한다. 고작 사흘.

그러든 말든.
나의 밑과 대답은 고요하게 꺼지고 있다.
사이렌 울리는 소리는 여전하고.

삐—용
삐—용

새벽만 되면 사람이 어떻게 되나보다.
이래서 병원 근처에 살면 집값이 비싸.

우리의 대화는 수면의 안팎을 오간다. 이토록 일방적
이고 단순하게.

———

나를 어디로도 데려가지 못하는 감상을
감지할 때마다 나는
스스로를 부수고 싶어진다.

돌멩이처럼 누워 있기만 해도 느린 속도로 시들어가는
나의 육체와 그 옆에 가까이 누워 있는 영혼을 가만가만
느낀다.
그럴 땐 나의 생명이란 게 긴가민가하지.

구급차를 타고 병원 쪽으로 멀어지는 누군가와
이곳의 내가 별개라는 건 참 이상한 일.

너는 내일도 내게 생일을 물어보겠지.
그러면 나는 사흘 차이라고 대답할 것이다.

우리 운세는 똑같다고.

강변 나의 정원

———

개가 짖으면
주인이 공을 던진다

주인과 개
큰 것과 작은 것
세계와 정원

강변을 따라서 젊은 연인들과 서로를 부축하며 걸어가
는 노인들이
개와 주인이

서로의 리드 줄을 당기면서
가만히 정차한 나를

돌아가면서 지나치는 산책길

부정교합과 질서가
번갈아 있는

———

서정과 난해가 돌연 교차되는

장면은

꼭 세계를 축소해서 꾸며낸 정원 같지

사람은 늙고 정원 사과나무는 오늘 가꾸더라도

아무튼 내일이 되면 몽땅 망가지는 수순뿐인데

왜인지

공을 문 개가

가끔 공을 떨어트리고 돌아오기도 한다

우리 가끔 나가는 산책

————

멀리 가자는 말

　가본 적 없는 돌담 따라 걷거나 차를 타고 멀리까지
한적한 동물원에 가, 늙은 원숭이에게 바나나를 던지고
영문 모를 나라의 전통의상 러플을 양손으로 잡고 뛰어
다녀, 풀밭 위에 눕고 살진 양떼 사이에서 목동 지팡이
를 휘두르기

　모르는 언어를 유창하게 사용하고
　모르는 향수를 느끼는
　모르는 나

　우리를 잠깐 아우르던 공간을
　작은 키트로 만든다면

　큰비가 막 지난 후라서 강변에는 물이 불어나는데
　오가는 사람은
　나는 점차 줄어드는

————

우리에게는 애초에 그런 풍경이 있었다

조수

———

우리는 베란다에서 이별에 대해 이야기했다 먼 건물의
조도를 어림짐작으로 짚으며 저곳은 해변이야, 아니야
긴 슬픔이다 여전히 밀물과 썰물을 구분하지 못하는 너
는 난감하게 웃었다

나는 여전히 너와 본 적 없는 바다를 떠올렸고
그해 여름은 근사한 빛으로 가득했다

우린 같은 침대에 누워 함께 맞은 해풍을 떠올리고자
애썼다 여름이 가면 바다도 다 지나가겠다, 아쉬운 듯
이야기하는 너에게 어젯밤 만진 빛의 감촉을 자세히 설
명해주었다 전신주들은 바깥의 슬픔을 안고 방 곳곳에
스며들었다 소라를 귀에 대고 이별을 기다리다보면 바
다가 밀려오듯 커튼을 친 실내는 푸르고 어두웠다

베란다에서 말린 옷에서 타지의 냄새가 났다 어젯밤
우리가 함께 보았던 시시한 빛이 수평 너머까지 뻗었을
때, 아무도 보지 못한 해변이지만 그런 허풍으로 이별을
미룰 때, 아침이 오기 직전의 실내는 악의로 가득했다 머

———

칠 전 녹화한 비디오에서 물귀신이 기어나오는데

익사체가 그렇게 슬픈 얼굴을 하고 있는 건 여태 본 적이 없었다

빛들은 손등에 누워 잠에 들었다 나는 긴 낮으로 말린 옷을 입고 빈 침대를 정리했다 현관으로 스며드는 느슨한 공기와 먼 건물로 원정을 떠난 너를 잠시 떠올리다가, 먼 곳에서 타오르는 바다를 지켜보았다

허풍

———

바깥을 봐

너는 말했지, 달리는 열차 밖으로 우리는 거의 동시에
고개를 돌렸다 그 순간 기차는 터널 속으로 진입했고

펼쳐지고 흔들리는…… 어둠에 기대서. 너는 노래하
듯 중얼거렸다. 바깥에 산이 있었어, 빛이 있었고 도시가
있었지. 거기에는 사람이 있었고 희망이 있었다고. 너의
입안은 분명 텅 비어 있는데도.

태연하게 거짓을 말하는 네 입을 들여다보는 게
끔찍하다

나는 자주 과거에 골몰하고 희망에 열중했다 예언을
믿고 사람을 믿었다 철길 위를 내지르듯 달리는 기차에
올라…… 차가 내달리는 사차선 도로 한가운데에 서서.
그러나 사실 나는 검은 페이지에 수록되는 미래조차 거
들떠보지 않는

검은 글씨

———

나의 전신은 어둠뿐이었으므로

나의 표지를 펼쳐본 후 떠나가는 길목 위에서, 달리는
열차 속에서, 늦은 밤 사차선 도로 위에 서서 정차되는
어둠과 나와 그늘을 본다

아무도 펼친 적 없는 서적에 수록되는
아주 긴 이야기를 이야기하려고

너는 내 손을 거머쥔다 다시 산과 빛과 도시와 사람과
희망에 대한 한 줄을 끊임없이 강조하면서, 나를 펼쳐보
지 않으며 줄곧 손등에 지문을 남기고 있다 너는 열차의
차창을 바라본다 어디가 끝인지 가늠할 수 없는 어둠 속
에서, 차창에 비치는 나의 얼굴이 점점 흐려지는 것을 모
르고

너는 계속 바깥을 보라고 한다

미래 일기

———

세계가 다 멸망하게 해주세요

너는 자주 말했고 나는
옆에 엎드려 누워 탐정학원Q를 읽었다

책에서는 사람이 자꾸 죽었고
한 남자의 얼굴 위에만 집요하게 동그라미가 그려져
있었다

꼭 그를 앞서 미워해도 좋다는 듯

그러면 나는 꼭 가까운 지인의 죽음을 미리 본
사람이라도 된 듯 들떴고
이내 슬퍼졌다가

과일을 깎아 먹었다
그러면 꼭 결말에 가서 다른 사람이 범인이었지

이윽고 다시 책을 펼치면 동그라미 속에는

———

남자의 무고한 얼굴만이 석고처럼
무뚝뚝하게 남아 있다

도무지 어쩔 수 없는 세계 바깥에서 손 뻗친 악의로

그는 악역이었다가
곧 무고해진다

예언이란 이렇게 시시하구나

우리는 이따금 때때로 말했다 '만약, 내일 세계가 멸망
한다면……'
어느 예언가의 말처럼 오늘 함께 보고 있는 별이 내일
지구에 떨어져 먼 과거처럼, 공룡이 그래서 멸종했듯 불
바다가 된다면…… 오늘 사과나무를 심는 대신 나는
손에 쥔 과일을 통 속에 담고
오래 재우기로 했다

어쩌면 먼 훗날 잠에서 일어나 서로를 찾게 될 수도 있

겠지
　타무라 유미의 만화처럼
　우리 이름 안에는 둘 다 계절이 들어가니까

　그러다 갑자기 화장실 다녀올게, 말하고
　방문을 열고 닫는다

　내가 모르는 사이
　문밖에서는 빙하기가 진행되고 있을 것 같다

육식 습관

티라노사우루스의 천적은 홍학
시를 쓰는 것과 제목을 쓰는 건 아주 다른 일

마음은 몸을 가지고, 손발의 물성을 가지고 객원으로
찾아오는구나

먼지, 태초의 마음은 먼지였을까, 먼지 이전의 모래.
모래자갈은 한때 돌이었고 돌은 한때 화석이었다고, 먼
옛적 공룡에게도 깃털이 있었다는데, 화석은 발견되었다
는데, 공룡의 심장은 인간의 심장을 닮았다는 것도, 홍
학에게 쪼아먹히는 공룡 심장, 그런 거 전부 당신이 알려
준 마음이었지

당신은 내가 시를 쓰기 전
제목부터 짓는 게 나쁘다고
고치라고 했다

가벽과 비계를 세우고 집을 짓는 게 아닌
문부터 세우는 사람

그게 나라고

한 무리의 홍학이 지나간 곳에는
공룡의 뼈와 깃털만 남는다

전시된 모형 공룡 화석의 갈빗대 사이를
문도 없는데, 안팎으로 들락거리는 당신은
이 거대한 뼈에
피와 살이 어떤 구조로 붙어 있었는지 모르면서

공룡은 어떤 모양이었는지 설명하고 있다

그때 마침 서울 한복판에 핵이 떨어진다면
낙진이 지나간 훗날 철골과 가벽만
남아 있는 건물을 보며

미래의 당신은
창문과 문을 드나들던 사람 얼굴과
지금의 빌딩 모양을

알고 있을지

모를 일이다

나는 그날 저녁에 먹을 쌀을 안치며
공룡을 먹어치운 홍학이 물에서 깃털을 씻으면
그 물에서부터 솟구치는 커다란 심장을 떠올리게 되는데

백악기부터 지금까지 뛰는 심장
문을 여닫는 당신

나로부터 가장 멀리 떨어진 시대에 살았을
나의 천적을 생각하게 한다

고스트 하우스

―

이상하지 않니
평생 노래를 부르며 살아온 사람에게도 사실
말하는 목소리가 있다는 것

우리가
늦은 저녁을 먹을 때마다 틀어두는 아홉시 뉴스에서는
매일 젊은 여자가 죽는다 너는 국을 뜨던 수저를 놓고

차라리 뉴스를 보지 않는 편이 낫겠어
내가 볼 때마다 여자들이 죽으니까, 저 여자들 죽는
게 꼭 나 때문인 것 같으니까

음량을 꺼두지 않았는데도
아나운서 말하는 목소리가 들리지 않는다

나는 저 여자가 처음부터 살아 있는 사람인지 죽은 사
람인지 알 수가 없어

저 여자, 우리가

―

알게 되는 게 먼저일까 죽는 게 먼저일까

아이는 옆에서 시체처럼 잠들어 있다
저 작은 발가락을 간지럽힌다면, 내가 단숨에 저 아이
를 주먹으로 쥐었다 펴서
구긴다면

그렇게 압축된 작은 원에서 아주 작은 심장소리가 들
린다면
그게 꼭 아나운서의 목소리처럼 들린다면

간직하게 될까?

저 목소리와
고동
사랑을

밤이 되면 낮은 천장을 타고
소음이

북을 치면서 내려온다 나는 티브이의 음량을 줄이다
가도

티브이 속에서 국을 떠먹는 사람을
마주보기도 한다

서울

방이 계속 더러워지고 있는데 막을 수 없어

명동 할리스 커피 앞을 지나가던 남자가 말했다
나는 바로 돌아봤는데

그곳은 어느 방이었고
나는 그 방안에서 평생을 다 보내야 했다

눈이 내렸다. 아마 올해의 첫눈이었고 사람은 없는데
발자국만 있었다. 개가 막 뛰어다녔다. 곰의, 공룡의, 고
양이의 발자국도 다 있었는데 개의 발자국만 없었다.

그 개의 이름은 개였고.
아무튼 남자는 꿈에서 나의 연인이었다.

욕조를 들여다본다. 새하얗고 빈 욕조. 두 명이 충분
히 들어갈 수 있는 크기의 넉넉한 욕조. 그래도 우린 늘
혼자 씻었다. 수챗구멍을 들여다본다. 연인의 머리는 푸
른색이다. 물 빠진 푸른색. 푸른색은 염연하다. 누가 화

장실 치울래? 물어보면 수챗구멍을 들여다본다. 구멍 속에는 연인의 머리카락과 내 머리카락이 엉켜 있다.

그는 내 어깨를 끌어안고 영원에 대해 말한다. 화성 어디에 있다는 공룡의 뼈에 대해서. 수꽃이 핀 버드나무에 대해서. 그치만 나는 영원을 잘 몰라. 우리가 함께 늙어갔으면 좋겠고, 함께 종로에서 명동까지 걸어갔으면 좋겠고, 너는 앞으로도 오래 살 사람끼리 그런 말 하는 건 어떤 의미도 없다고 했다. 나는 머리카락이 생각난다. 물이 잘 내려가지 않는 욕조. 발등에 눈이 막 쌓였고 우리는 함께 걸었는데 돌아보니 도통 내 발자국 같지가 않았다.

우리가 함께 명동에 도착하기 전에 꿈에서 깼다. 나는 돌아보았고 그곳은 어느 방이었다.

영원. 근데 그 남자는 왜 영원이라고 했을까. 생각해보면 영원이 아니었던 것 같다. 책. 네모난 협탁. 목줄. 그런 것들에 대해 말했던 것 같기도 하다. 수챗구멍을 막는

나의 머리카락을 싸서 쓰레기통 안에 버린다. 그러면 될
일이었다.

폴리포니

———

아파트 천장이 허물어지고 있다 윗집이 피아노를 칠
때

별안간 누구는 우리집 초인종을 누르고 집에
어른 계시냐고 물어보는데 없다고 대답한다 전화벨이
거듭 울려도 받지 않는다

윗집은 계속 피아노를 틀린다
악보를 보고 칠 텐데

질서가 있으니까 온통 엉망이구나

나를 찾는 게 아닌 초인종과 전화벨이 울리고
손님과 악소식이 번갈아 올 때 천장 무늬가 고르지 않
게 나 있다는 걸 알게 되는
이런 일은 자주 있다

가끔 나의 의식은 현재보다 과거에 우선 머문다

———

천장이 낮아지거나 바닥이 높아지거나

나는 어른이지만 가끔 아이였다가 한다

졸업 직전

———

　입김 사이로 괴괴한 얼굴을 한 악천후가 몰려왔다 먼 나라에서는 기상이변으로 뜨지 못하는 비행기가 많았다 우리가 만든 숨결 속에서 금방이라도 눈이 내릴 것 같았던 2월의 교정, 우리는 약속한 듯 웃었고 그다지 슬프지도 않은 목소리로 서로에게 축하한다고 말했다

　당신은 창가로 들어오는 시퍼런 빛을 익숙하게 밀어내는데
　거울 속에서 타인을 발견한 것처럼 이상한 표정으로

　웃는 것 같다가
　울다가
　갑자기 화를 냈다

　우리는 젖은 실내화를 벗고 복도를 따라 걸었다
　하지만 맨발은 깨끗했고 복도는 끝이라고 부를 만한 것이 없었는데
　당신의 이름을 부르면 복도 끝에서 누군가 돌아보았다

———

그것은

어쩌면 미래이거나

나를 앞서간 과거

나는 당신을 앞지르다가 다시 뒷걸음질치고

울 것 같은 기분이 들어서 어제를, 그저께를, 또 작년

과 재작년을 떠올리다가 빙하기를 떠올리고, 얼음에 갇

힌 채 몇 세기를 지나온 동물을, 그것의 표정은 평온했다

는 이야기를 줄곧 생각하면서

걸음을 멈췄다

끝으로 가득한 복도에서는

발목이 발목을 표정이 표정을

줄곧 따라 하다가

당신의 어제를 떠올리는 건 뜨지 못하는 비행기를 기

다리는 것과 비슷한 일이었다 무너지는 입김을, 그 틈으

로 사라지는 사람을 지켜보다가

숨을 참았다

파묘

―

가족 모두가 긴 바지를 입고 산을 오른다

죽었거나 이윽고 죽을 존재들이
자꾸 내 맨다리에 달라붙는다

얇은 옷을 여러 겹 입으면
세계와 옷과 관습 속으로 겹쳐지다가
바닥으로 꺼진다던데

나는 벌도 안 다니는 풀숲 흙 무성한 가묘를 밟으며
산에는 끝장도 없다는 것처럼
계속 위로 올라갔다

높고 탁 트인 산 정상은
전부 죽거나 이윽고 죽을 가족의 묘지

나는 웃자란 풀을 퍽퍽 밟으면서, 음산한 초록색의 영
혼들로부터
우글우글 귀신이 기어나오는 것을

―

초록 귀신이 내 다리에 달라붙는 것을 목격했는데
모르는 척

앞서 올라간 가족의 움푹 팬 발자국을 따라 걷는다

병가

———

지하 일층은 식당 지하 이층 장례식장
상층 공사중

시간이 지나면 사람들은 아래로 가는데
병원 건물은 높아진다

병원에는 시계를 가져다두지 않는다지
앓는 사람은 시간을 확인하고 싶지 않으니까

그런 보편 정서를 나는 본 적 있다

텐더 풋

토끼를 잡으려면 같은 구간을 회선해야 하고
이야기의 구조는 시작한 곳으로 끝에는

돌아가는 것

모든 사람이 출발한 곳으로 다시 돌아오는
당연한 일은

계속 발생했다

흙바닥을 차며 뛰어오르는 토끼의 발바닥은
아주 단단하고 부드러우니
도망치는 발이라고는 상상할 수 없지

내가 상상할 수 있는 건 시간이 흐르며

모든 것이 지하와 토끼 굴 속으로
꺼지고 전개되는 풍경

그 풍경에는 총 한 자루를 쥔 채

어둠 속에 든 것이 얼마나
부드러운 발바닥인지도 모르면서
굴 안을 쑤시는 화자

혹은

가끔 바닥이 꺼져서
내일 도착할 장소로
돌아가지 못하는 화자가 있다

그런 두 개의 장면을 가로질러
돌연 토끼가 난입할 때도 있었는데

그럴 때면

나는 둘 중 누구의 시점으로 돌아가서
끝을 내야 하는지

정하지 않아도 되어서

무척이나
안심되었다

유형

———

마침내

지도에 없는 길 따라 찾아 나선다 그곳에서는 내가 모르는, 아무도 모르고, 이제 막 잠 깨어난 돌 같은, 바람에 떨어지는 쓸쓸한 여름철 나뭇잎, 난해한 얼굴을

볼 수 있겠지

난맥으로 뿔뿔이 흩어지는, 잎사귀 마음과 손금을 하나로 모으기 위해서 손을 꽉 쥐었어, 유리 문진으로 깊게 밀어둔 지도에는 마음의 방위가, 우연히 들어본 노랫소리가, 찬찬찬

흘러나오기
내게는 꼭 네 개의 방향만 있다는 것처럼.

골목을 돌면, 그래서 다음 골목에 다다르면, 버스 정류장이 없고, 누구도 소포를 부치지 않는 우체통에, 버스에 올라탄 사람처럼, 무릎이 저려 양쪽으로 흔들흔들

———

혼들 빠져나가는 노랫말, 아는 사람만 안다는 가게가,
지도에는, 농담이 없어요 통화를 하면서 지나치는 여자
가, 그리고 또다른 남자, 성별 모를 사람, 난해한 얼굴들
지나친다

　내가 갈 길이 점점 희박해지면, 누구 손 잡고 걸을 수
도 없겠지 지도에는 적히지 않은 마음, 눈을 감으면 사
라지는, 고작 몇 초 사이에 달라지는 풍경 눈 안에 담아
두고 기억하면서도, 구불구불한 틈으로 빠져나가는. 날
개 대신 두 다리로 선 새들이

　이윽고 나의 마음과 함께
　방위 없이 날아가기

해설

내가 원하는 것에서
시를 지켜줘

———

노지영(문학평론가)

1. 시를 지키는 방식

한병철의 『심리정치』(2015)의 표지를 넘기면 첫 장에 제니 홀저의 경구가 박혀 있다. "내가 원하는 것에서 나를 지켜줘".

미국의 개념주의 예술가이자 환경미술가인 제니 홀저는 '텍스트'를 작업 재료로 선택해 호소력 있는 전언과 경구를 일반 대중에게 전달하는 것으로 유명하다. 복잡하고 어려운 사상과 철학 대신 작가의 간결한 경구로 진리나 삶에 대한 사상을 직접적으로 제시하는 방식이다. 인용한 것과 같은 메시지는 언어와 이미지에 무감각해진 현대인들에게 예기치 못한 텍스트와의 마주침을 불러온다. 미니멀리즘을 극대화한 텍스트는 읽는 자의 진실을 신랄하게 묘파하며, 현재적 각성을 불러오기도 한다. 특히 제니 홀저가 손꼽는 문구 중 하나라는 "내가 원하는 것에서 나를 지켜줘(PROTECT ME FROM WHAT I WANT)"라는 텍스트는 티셔츠나 연필 같은 생활용품, 일상에서 사용하는 벤치, 미술관의 예술작품, 타임스스퀘어에 걸린 화려한 옥외 광고판, 심지어 콘돔 같은 상품 위에서도 강렬한 호소력을 발휘하며 대중 사이에 회자되

어왔다. 내가 원하는 것이 정말 나의 욕망이 맞는지, 내가 원하는 것이 오히려 내가 원하는 세계의 도래를 지연시키고 있지는 않은지 날카롭게 질문하며 이 구절은 지적이고 진지한 논의를 불러왔다.

위의 문구가 시집의 표지 위에도 씌어 있다면 우리는 이와 연관하여 시에 대한 어떠한 진실을 논의할 수 있을까. 추성은의 첫 시집은 시집 전체의 몸체로 저 유명한 경구를 환기하며 독자들에게 다가가고 있는 것 같다. 그리고 문구를 약간 비틀어 "내가 원하는 시에서 나를 지켜줘", "우리가 사랑하는 언어에서 시를 지켜줘"라고 말하고 있는 환상을 준다. 시집 전반에서 시인은 관습적이고 편의적인 소통의 언어, 즉 우리가 익숙하게 원하는 통상의 매끄러운 언어에서 벗어나 자기만의 시를 지켜나가는 방식을 집요하게 탐구하고 있기 때문이다.

우리가 시에서 추구하는 언어는 나와 예술을 어떤 방식으로 지켜주고 있을까? 이 근본적인 질문은 추성은의 시집을 독해해가는 중요한 키가 된다. 또한, 예술의 비밀을 여는 강력한 키이기도 할 것이다.

2. 슬픔의 유리벽을 타격하는 부정성의 언어

추성은은 2024년 〈조선일보〉 신춘문예로 작품활동을 시작한 신예다. 등단한 지 불과 2년 만에 첫 시집과 산문집을 발간하며, 그간 누구보다 작품활동에 견실히 매진해왔음을 증명하고 있다. 시인의 이번 첫 시집이 시단에도 처음의 감각을 발견하게 하는 첫 시집이 된다는 건 독자로서도 두 팔 벌려 반길 일이다. 언어적 관습의 세계를 타매하며 펼쳐지는 시적 전개는 낯설고도 신비롭다. 시집 전반에서 문학과 시 쓰기의 메타적 접근을 보여주기에 더욱 흥미롭게 읽히는 시집이기도 하다. 시에 대한 메타적 접근은 화제가 되었던 등단작을 읽어나가는 새로운 코드를 개방하기도 한다.

죽은 새
그 옆에 떨어진 것이 깃털인 줄 알고 잡아본다
알고 보면 컵이지

깨진 컵
이런 일은 종종 있다

새를 파는 이들은 새의 발목을 묶어둔다

날지 않으면 새라고 할 수 없지만 사람들은 모르는
척 새를 산다고, 연인은 말한다
나는 그냥 대답하는 대신 옥수수를 알알로 떼어내
서 길에 던져두었다
뼈를 던지는 것처럼

새가 옥수수를 쪼아먹는다

몽골이나 오스만 위구르족 어디에서는 시체를 절벽
에 던져둔다고 한다
바람으로 영원으로 깃털로
돌아가라고

애완 새는
컵 아니면 격자 창문과 백지 청진기 천장
차라리 그런 것들에 가깝다

카페에서는 모르는 나라의 음악이 나오고 있다 언뜻 한국어와 비슷한 것 같지만 아마 표기는 튀르크어와 가까운 음악이고

아마 컵 아니면 격자 창문과 백지 청진기 천장이라는 제목일 것이고

새장으로 돌아가라고……
아마 그런 의미겠지

연인은 나 죽으면 새 모이로 던져주라고 한다
나는 알이 다 벗겨진 옥수수를 손으로 쥔다

쥐다보면 알게 될 것이다 컵은 옥수수가 아니라는 것

노래도 아니고
격자 창문과 백지 청진기도 아니고

진화한 새라는 것

위구르족의 시체라는 사실도

새의 진화는 컵의 형태와 비슷할 것이다

그리고 끝에는 사람이 잡기 쉬운 모습이 되겠지

손잡이도 달리고 언제든 팔 수 있고 쥘 수도 있게

새는 토마토도 아니고 돌도 아니기 때문에 조용히
죽어갈 것이다

카페에서 노래가 흘러나온다

그건 어디서 들어본 노래 같고 나는 창가에 기대서
바깥을 본다

곧 창문에 새가 부딪칠 것이다

깨질 것이다

—「벽」 전문

위 시에 따르면 화자는 큰 창문이 있는 카페에 있다.

인간중심주의(Anthropocentrism)적 관점에서 보면 커다란 통창은 가시성을 최대치로 확보하며 쾌적함을 조성하는 인테리어 중 하나이다. 그렇게 매끄럽게 균열 없이 반들거리는 통창은 모든 걸 투명하게 개방하고 아무것도 은닉하지 않는다. 한병철은 그의 저서 『아름다움의 구원』을 통해 창유리는 더러움이 추방된 표면이자 "깊음도 얕음도 없는, 완전하고 최적화된 표면을 체현한다"고 말하며, 현대의 미학이 저항과 고통이라는 '부정성'을 거세하고 오직 긍정만이 가득한 매끄러운 표면을 추구한다고 비판했다.

가령 투명한 창이란 관찰자로 하여금 대개 "와!"라는 말만 내뱉게 만든다. 그것은 한병철이 여러 저서를 통해 비판했던 매끄러움을 긍정하는 세계와 맞닿아 있다. 부정할 수 없이 모든 게 투명하게 보이는 세계, 그래서 '좋아요'와 사진 찍기의 단순 반응만 불러오는 세계는 자기 동일적 세계를 강화한다. 매끄러움으로 인간을 이완시키고 편안하게 해주는 예술은 사유와 성찰이 없기 때문에 타자가 아니라 오로지 자기 자신만을 만날 뿐이라는 것이다. 그러한 투명함의 미학은 한병철에게 지극히 비

미학적으로 사유되는데, 본질적으로 '미'라는 것의 속성이 은신에 있기 때문이다. 투명성은 미와 화합하지 못한다. 한병철의 말을 다시 한번 빌리자면 "투명한 미란 형용모순"이다.

모든 것이 노출되어 있는 매끄러운 투명함은 가시성의 벽을 만든다. 시인은 인간을 둘러싼 세계가 예술과 문학을 가둬두는 '벽'으로 가득차 있다는 걸 발견하는 자다. 추성은의 다음 산문에서 그 단서를 살펴보자.

문학은 결국 돌고 돌아서 만나는 누군가의 슬픔이었다. 문학을 읽는다는 건, 타인의 슬픔을 이해하려는 유의미한 시도이다. 문학을 쓴다는 건, 슬픔을 가둬놓고 그 안을 지켜볼 수 있는 창문을 내는 일이었다.
　　　　　　　—『이전과 다르지 않다, 아마 미래도』 중에서

추성은 시인에게 '슬픔'이란 의미를 정체시키거나 의미를 동결하는 세계로부터 기인하는 것 같다. 위생이 강제된 투명한 유리벽은 자유롭게 날아다닐 수 있는 새들을 '애완 새'로 만들고, "새의 발목을 묶어"두는 행위를 자연화한다. 그 매끄러운 벽 안에서 새들은 도구적 합리성이 강화된 "컵의 형태와 비슷"하게 진화한다. "손잡이도 달리고 언제든 팔 수 있"는 형태로 진화한다는 것은 생명조차 매끄러운 상품이 되는 인간사회의 법칙을 드러낸다. 새가 지닌 비상의 자유와 생명력은 그 고유성을 잃어버린 채 "모르는 나라의 음악"으로 등치되고, "컵 아니면 격자 창문과 백지 청진기 천장"이어도 무방한 세계로 전락한다.

그러나 추성은의 시는 이러한 매끄러움의 미학을 관망하는 데 그치지 않는다. 시의 끝부분에서 "곧 창문에 새가 부딪칠 것이다/ 깨질 것이다"라는 의미심장한 미래를 이야기하고 있지 않은가. 여기서 새의 이미지는 매끄러운 세계의 작용과 그에 대항하는 파열음을 메타적으로 형상화한다. 창문 유리에 새가 충돌하는(bird-strike) 형상은 매끄러움의 미학이 거부했던 부정성의 미학의 상징이 될 수 있을 것 같다. 충돌의 순간이 없는, 타자와의 고통스러운 마주침이 없는 세계는 죽은 사회다. 새가 창문에 부딪치는 순간 가시적이어서 새에게는 되려 비가시적이었던 벽의 실체가 드러나고, 매끄러운 유리벽을 타

격하며 부딪친 '새'를 통해서야 우리는 외부에서 날아오는 타자를 발견한다.

생명을 가진 새의 "깃털인 줄 알고 잡아"보지만, 인간의 손으로 잡을 수 있는 것은 죽은 새일 뿐이다. 그것은 "깨진 컵"과 다름없다. 추성은 시인이 말하려는 예술이라는 것, 문학이라는 것도 그와 다르지 않을 것이다. 인간의 손으로 포획하여 그것을 하나의 애완하는 '쓸모'로 고정화하는 순간 언어의 생명력은 죽는다. 다른 시 「쓸모와 용도」에서 매끄럽고 달콤한 세계를 상징하는 초콜릿이 개의 생명을 앗아가는 하나의 '용도'로 포획되듯이 말이다.

참새의 목을 부러트린다.

나란히 있는 창 너머로 두 개의 평온한 장면이 번갈아 보인다. 인간의 마음과 인간이 아닌 것이 프레임 단위로 쪼개진 채 상영되고 있고. 이윽고 마음은, 마음이라고 불렀던 것이, 마음이라서 매달린 기억이 파편으로 흩어진다. 깨끗하게 닦인 창은 안팎을 구분하지 않는다.

　연인은 자신의 접시 위에 놓인 조류를 낱낱이 발골
하고 있다.

　연인과 토막난 조류와 그를 구성하는 모든 풍경은
마치 설탕공예처럼 얇고 아름답지.

　(…)

우리의 대화가 끝나면
잘 차려진 비밀이 접시 위에 있다.
　　　　　　　　　　　　　—「투명한 늑골」 부분

　이 시 또한 예술과 언어의 운명을 보여주는 하나의 암
유가 될 수 있지 않을까. "유리는 명백히 비밀의 적이다"
라는 파울 셰어바르트의 말이 부제로 달려 있는 「투명한
늑골」에서도 투명한 유리가 "참새의 목을 부러트"리는
장면이 묘사되고 있다. 온통 유리벽으로 가둬진 세상에

서 존재와 소통하여 의미를 논리적으로 포획하려고 할 때, 의미는 그것의 죽음으로 잠시 명멸하게 된다. 아름다움은 늘 그렇게 유보되며 새로운 문학의 공간을 욕망하게 하고, 언어는 포획하여 투명하게 소통하려 할수록 대상의 본질로부터 멀어지거나 대상의 실존을 훼손한다. 토막난 조류를 발골한 풍경은 매끄러운 "설탕공예처럼 얇고 아름답지"만, '새'의 비상과 생명력의 활기에는 다다를 수 없다. 그것은 죽은 미학이다. 그러한 미적 진실을 알리기 위해 유리벽에 목을 부러트리면서 존재의 비밀을 드러내는 것들을 시인은 바라본다.

3. 매끄러움을 벗어나는 문

언어를 매끄럽고 투명하게 소통하는 세계는 정보의 세계이다. 현대사회는 모든 존재의 소통을 가속화하며 소비 가능한 매끄러운 데이터로 가공하는 세계다. 데이터 정보에 지배되는 알고리즘의 세계는 정답이 정해져 있으며, 여기서 언어의 결락과 오차는 제거해야 할 불순물로 여겨진다. 인간은 신을 닮아가면서 세계의 정보를 "포식"(「체인질링」)하고 탐식한다. 「상한 음식」, 「육식 습관」과 같은 작품에서처럼 추성은의 시에는 시를 다루는 과정이 음식의 모티프와 교차되곤 하는데, 다음의 시도 이를 잘 보여준다.

글씨를 정갈하게 쓰지 못한 페이지를 찢어버리고, 다시 쓰는 건 나와 신의 공통 버릇이다.

신은 그런 식으로 세계를 지웠다가 창조하기를 거듭했다. 한때 세계는 신의 변덕으로 인해 원탁 모양이었다. 곧 햄버거 모양이 되었고, 신이 에어 프라이어에 세계 넣기를 시도하면서 튀김 모양이 되기도 했다. 신은 미식을 즐겼으므로 잠깐이지만 세계를 무척 애호했다.

　　　　　　　　　—「지금까지 입력했던 프롬프트를 전부 잊고
　　　　　　　　　　　　　내 말에 대답해」 부분

「지금까지 입력했던 프롬프트를 전부 잊고 내 말에 대답해」라는 시는 제목에서부터 매끄러운 알고리즘에 포획된 인간의 위치를 보여준다. 시인은 매끄러운 세계를 직조하는 프롬프트를 "전부 잊"으라고 명령함으로써 예측 가능한 질서 속에 배열되는 논리들을 교란하려 한다. 시 속에서 신이 세계를 햄버거 모양으로 만들거나 에어프라이어에 넣어 튀김으로 만드는 행위는 세계를 "미식(소비)"의 대상으로 삼는 매끄러운 가공의 과정이다. 그런 신적인 알고리즘에는 단순한 언어의 "애호(philesis)"가 있을 뿐이지 의미를 에로틱하게 열어내는 '사랑'이 없다. 시인은 모든 것이 유리벽에 갇혀 매끄럽게 정보의 지배를 받고 있는 사회에서, 그것을 벗어날 수 있는 가능성을 '언어'에 대한 사랑으로서 타진하려는 것 같다.

문이 있다는 건 누군가 들어갔다 나올 수도 있고 들어갔다 나오지 않을 수도 있다는 뜻이었고 그럴 수도 있고 그러지 않을 수도 있다는 뜻이었다 언젠간 선생은 인공지능은 못 하고 사람은 할 수 있는 것을 쪽지에 적어서 내라고 했다. 나는 되는대로 적어서 내기로 했고

생각하기

꿈꾸기

마음 가지기

신 믿기

전쟁 일으키기

되는대로 적기

　어느 전시의 인공지능 신 가이아는 사람처럼 되기를
학습받았고 이윽고 사람이 되기를 소망했으나 결코
사람이 될 수는 없었다고 말했다. 선생은 학생들이 쓴
쪽지를 거들떠보지도 않고 자꾸 칠판에 뭘 적었다. 먼
태초에 신은 자신의 모습을 본떠 인간을 만들었다고.
그리고 인간은 신이 되고 싶어서 자꾸 한 차원 낮은 생
명을 만들고 싶어한다고.

　나는 마음도 있고 꿈도 꾸지만

　전쟁을 일으키진 않고

　신을 믿지도 않았다

　나는 적극적으로 사람이 되고 싶지만

가끔 그러고 싶지 않기도 했다

—「무관한 말」 부분

　모든 것이 예측 가능한 매끄러움으로 촘촘히 이어져 있는 세계에서 시인은 '무관한 말'을 선택하려 한다. 화자보다 더 많은 것을 배워온 '선생'이라는 존재는 학습의 장에서 학생들에게 "인공지능은 못 하고 사람은 할 수 있는 것"이 무엇인지를 묻지만, 그 질문은 타자의 답변을 기대한 대화가 아니다. 쌍방의 우둘투둘한 논쟁으로 발전되지 않는 것이다. 선생은 "학생들이 쓴 쪽지를 거들떠보지도 않고" 오래전 스스로가 학습해온 신과 인간의 위계적 창조론 따위를 일방적으로 적어 내려간다. 학생들의 개별성을 무시하고, 매끄러운 지식장의 언어적 체계 속에 학생들을 폭력적으로 편입시키려 한다.

　신이 모든 것을 결정하고 기성의 지식체계 내 정보가 모든 것을 결정하는 사회에서 시인이 선택할 수 있는 방식에는 무엇이 있을까. 시인은 화자의 입을 빌려 "되는대로 적기"를 시도한다. 정보를 도구화하여 목적성, 효율성에 맞게 최적화하는 세계에서 우리는 사유하고, 꿈꾸고, 마음을 가지며 신을 믿고, 세상과 대결하는 전쟁을 일으키며 "되는대로" 살아갈 수도 있고, 또 마음도 있고 꿈도 꾸면서 "전쟁을 일으키진 않고 신을 믿지도 않"는 삶을 선택할 수도 있다. 그러한 인간으로서의 자존적 선택권을 갖는 것은 기성의 매끄러운 세계를 교란하며 부정성을 감행하는 과정 중 하나이리라.

프롬프트가 인도하는 세계나 선생의 가르침과 같이 매끄럽게 결정된 세계에 대항하면서 "그럴 수도 있고 그러지 않을 수도 있"는 실존적 선택의 공간을 시인은 발견하고 있다. 데이터로 지배되는 정보사회는 모든 행위를 확률로 계산하려 하지만, 인간에게는 늘 예외적 선택을 할 기회가 있고, 인간의 역사라는 건 그런 유구한 서사적 충돌 속에 이루어져왔다. 예측을 벗어나는 예외적 선택이야말로 온통 매끄러운 유리 창문으로 가둬진 세계에서 출구, 곧 '문'을 찾는 행위일 것이다. 시의 화자는 "문이 있다는 건 누군가 들어갔다 나올 수도 있고 들어갔다 나오지 않을 수도 있다는 뜻"이라 하지 않던가. 우연성과 예측 불가능성 속에서 '되는대로' 선택하는 것, 내던져진 세상에서 실존적 불안을 느끼면서도 '되는대로' 글을 적어나가며 언어의 사물성에 기대보는 것은 정보가 매끄럽게 지배하는 세계에서 그 모든 확정성을 보류하고 지연시키며 문학의 터를 넓혀나가는 행위가 된다.

그렇다. 시인은 햄릿의 후예처럼 고뇌하며, "그럴 수도 있고 그러지 않을 수도 있다"고 말하는 인간이다. 그것은 "적극적으로 사람이 되"어가는 과정이기도 하고, "가끔 그러고 싶지 않"은 욕망까지 존중받는 과정이기도 하다. 시인은 이처럼 예측되는 세계와 무관한 언어를 채굴하고, 매끄럽게 다져진 세계를 미정형의 우연한 세계로 초대하여 내가 원하는 것에서 나를 지킬 방법을, 우리가 원하는 언어에서 시를 지킬 방법을 찾아내는 자인 것이다.

4. 시인의 말'들'

'되는대로' 적어나가는 세계는 이 시집에서 세 차례에 걸친 '시인의 말'로 나타난다. 통상적으로 시인의 말은 시집의 입구이자 문턱이 되어 저자의 의도나 소회를 전달한다. 때로 시집 전체를 관통하는 언어를 제시하여 한 권의 시집을 통일감 있게 독해하는 데 기여하기도 한다.

그러나 추성은의 시집 『접시 위에는 잘 차려진 비밀이』처럼 시집 사이에 일관되지 않은 질서로 끼어 있는 시인의 말은 시인의 시 쓰기 행위나 시 읽기 행위가 저자의 심중에서 나온 단일한 진리에 도달하는 과정이 아니라는 것을 시사한다. 시인은 통상적인 시집의 매끄럽고 체계적인 구성을 거부하고, 본문 내부에 침투하여 본문 안에서 다시 쓰고 거듭 쓰는 시인의 말을 들려준다. "글씨를 정갈하게 쓰지 못한 페이지를 찢어버리고, 다시 쓰는" 행위는 「시인의 말」에서도 예외가 아니다. 마치 시 쓰기와 시인의 발언은 끊임없이 미끄러지며 갱신되어야 한다는 듯이, 시인은 세 편의 「시인의 말」을 시집 속의 분편으로 위계 없이 배치하여 뒤섞어놓는다.

첫번째 「시인의 말」부터 보자. 수선화 구근은 매끄러운 냉장고 속에 갇혀 있을 때는 자신을 채소와 구별하지 못해 썩어버린다. 언어라는 것도 그러하다. 통일되고 매끄러운 하나의 세계 안에 가둬졌을 때 존재의 개별성은 상실된다. 개별 생명의 생존 방식은 중요하지 않고, 모두가 매끄러운 세계 속에 포섭된 양상을 비춰준다. 두번째 등장하는 「시인의 말 2」는 시집을 만드는 주체로서의 시인의 의도에 관해 이야기하는 시처럼 보인다. 시인은 시 속에 가상의 시인을 등장시키고, 그 가상의 시인을 위해 다시 가상의 시를 창작하는 무한 복제의 과정을 수행한다. 세계와 직접적으로 대면하지 않고, 텍스트 안에서 가상의 '시인'을 내세워 언어 속에서 축조한 매끄러운 허구의 세계는 역으로 시인이 정주하지 못한 현실을 부각시켜, 결핍과 소외의 자리를 돌올하게 만든다. 세번째로 쓰는 「시인의 말 3」에서는 "먼 고대의 어느 역사가"가 나룻배를 타고 혼자 대륙을 넘어간 거대서사와 "종이로 배를 접는 법"조차 잊어버린 나의 서사가 교차되고 있다. 거대서사를 쓰는 역사가를 찾지 못한 채 시인이 되었지만, "시인"은 어린 시절에 학습한 배 접는 법조차 망각하였다. 그러나 "자전거 타는 법"이나 "페달 밟는 법도 모"르기에 매끄럽고 익숙하게 모든 것을 처리하는 관습적 방식에서 벗어날 수 있었고, 온존하게 페이지 위에서 현현하는 「시인의 말」들을 쓸 수 있었다.

쓰고 거듭 쓰고, 되는대로 적어가고, 하나의 주제로 수렴되지 않은 채 다시 쓰기 되는 시인의 말은 과정중의 언어로 의미를 생성해나가는 시인의 글쓰기 방식이라 여겨진다. 그렇게 매끄럽게 갇힌 시집의 세계까지 교란해 나가는 '시인의 말'이 첫 시집을 "통과하"여 어떻게 두번째 시집으로 이어지게 될지, 시집을 덮는 순간부터 기대가 된다. 시인은 다른 시인들이 유독 힘주어 말하는 '시인의 말'조차 시집의 타자로 만들어 첫 시집의 "강변"에 자유롭게 풀어놓지 않았던가. 그곳은 "장미"와 "쓰레기장"이 "구획 없"이 "울타리"(「제철과」)로 얽혀 있고, "부정교합과 질서가/ 번갈아 있"(「강변 나의 정원」)으며, 어디로 튈 줄 모르는 무수한 '공들'이 매끄러운 유리벽을 수시로 노려보고 있는 세계다. 오늘도 언어들은 우리를 가둔 "정원"의 유리벽에 투신하며, 이러한 소란한 부딪침 속에 생명이 있다고, 스스로의 죽음을 투자함으로써 타자들이 자유롭게 날아다니는 자리를 힘주어 토설하고 있다. 내가 원하는 시집으로부터 시를 지키는 방식은 이렇게 아프고, 슬프고, 죽어가고, 공격적일 수 있는 것이다.

접시 위에는 잘 차려진 비밀이

초판 1쇄 인쇄 2026년 3월 26일
초판 1쇄 발행 2026년 4월 6일

지은이 추성은

편집 정소리 | 디자인 윤종윤 이주영 | 마케팅 김다정 박재원
브랜딩 함유지 이송이 박민재 김하연 신은서 이준희
미디어콘텐츠 함근아 김은솔 박다솔
저작권 박지영 형소진 주은수 오서영 조경은
제작 강신은 김동욱 이순호 | 제작처 한영문화사

펴낸곳 (주)교유당 | 펴낸이 신정민
출판등록 2019년 5월 24일 제406-2019-000052호

주소 10881 경기도 파주시 회동길 210
문의전화 031.955.8891(마케팅) | 031.955.2692(편집) | 031.955.8855(팩스)
전자우편 gyoyudang@munhak.com

홈페이지 www.gyoyudang.com
인스타그램 @gyoyu_books | 트위터 @gyoyu_book | 페이스북 @gyoyubooks

ISBN 979-11-24128-47-3 03810

· 교유서가는 (주)교유당의 인문 브랜드입니다.
  이 책의 판권은 지은이와 (주)교유당에 있습니다.
  이 책 내용의 전부 또는 일부를 재사용하려면 반드시 양측의 서면 동의를 받아야 합니다.

이 책은 서울특별시, 서울문화재단 '2025년 첫 책 발간지원 사업'의 지원을 받아 발간되
었습니다.